ResumenExpress.com

Crónicas marcianas

de Ray Bradbury

GUÍA DE LECTURA

Escrita por Michel Dyer
Traducida por Juan Lopez

Crónicas marcianas

de Ray Bradbury

Entiende fácilmente la literatura con

ResumenExpress.com

www.ResumenExpress.com

RAY BRADBURY

ESCRITOR ESTADOUNIDENSE

- **Nació en 1920 en Waukegan, Illinois, EE. UU.**
- **Falleció en 2012 en Los Ángeles, EE. UU.**
- **Algunas de sus obras son:**
  - *El hombre ilustrado* (1951)
  - *Farenheit 451* (1953)
  - *Teatro para mañana... y más allá* (1972)

Ray Bradbury fue un prolífico escritor que, desde los 18 años, publicó relatos cortos de ciencia ficción en fanzines. Los fanzines eran publicaciones independientes, a menudo producidas por aficionados y dirigidas a otros aficionados; de ahí la palabra "fan", compuesta de fan y magazine. Las primeras aparecieron en Estados Unidos en los años 30 y estaban dedicadas a la ciencia ficción. Fue influido por Robert Heinlein, un escritor estadounidense (1907-1988), "decano de la ciencia ficción estadounidense" y maestro del relato corto. Heinlein fue la principal figura del género durante la década de 1950, junto a Isaac Asimov, escritor ruso-estadounidense (1920-1992).

Sus textos comprometidos y melancólicos contrastan con las grandes tendencias de la ciencia ficción de su época, que eran el sensacionalismo y la comedia.

Alcanzó la fama internacional con *Fahrenheit 451*, que sigue siendo una de las novelas de ciencia ficción más conocidas del mundo, junto con *1984*, de George Orwell -escritor británico, 1903-1950. Aunque su carrera no tuvo el mismo éxito a partir de los años sesenta, es importante señalar que es uno de los pocos escritores del género que se ha aventurado en el teatro e incluso en la poesía.

CRÓNICAS MARCIANAS

UN CLÁSICO FUNDADOR DE LA CIENCIA FICCIÓN

- **Género:** *Fix-up* (colección de relatos breves dispuestos de tal manera que puedan leerse juntos, como una novela)

- **Edición de referencia:** *Chroniques martiennes*, traducido del americano por Jacques Chambon y Henri Robillot, París, Denoël, 2001, 318 p.

- **1ʳᵉ edición:** 1946 (primer cuento), 1950 (primera edición completa, renovada en 1977)

- **Temas:** Anticipación, viajes espaciales, guerra, colonialismo, extraterrestres

Las *Crónicas marcianas se componen* de una treintena de relatos breves –su número ha variado según las ediciones; en la de Denoël, son 28– de extensión muy diversa, siendo el más corto de apenas una página y el más largo de más de treinta. Esta disparidad se explica por la propia historia del libro, que es un *fix-up*, es decir, la creación de una novela a partir de un conjunto de relatos cortos de temática similar.

Los relatos más largos se publicaron originalmente en forma de revista y luego se modificaron para adaptarlos a la economía general de la novela, mientras que los más cortos se escribieron más tarde para enlazar las historias y crear coherencia. El innegable éxito de

Crónicas marcianas, que narra cómo, en el espacio de media década, el hombre colonizó y luego abandonó Marte, propició una reedición modificada en 1997. La historia fue ambientada originalmente entre 1999 y 2026, y la acción de la novela se retrasó 31 años hacia el futuro, para evitar el llamado problema del "futuro ahora pasado", aunque ello provocó algunas aproximaciones cronológicas.

RESUMEN

Las Crónicas Marcianas están organizadas en tres partes principales, que pueden desglosarse cronológicamente, ya que cada historia comienza con una fecha en forma de "mes + año". Desde enero de 2030 -o 1999 en la versión original; por coherencia, nos referiremos a las fechas de la edición revisada- hasta agosto de 2032, las expediciones del hombre a Marte terminan en fracaso, pues la conquista es imposible. Después, de agosto de 2032 a noviembre de 2036, es la terraformación de Marte, su colonización inexorable. Por último, de noviembre de 2036 a octubre de 2057, es la extinción de la raza humana tras la guerra, y el establecimiento de Marte, casi desierto, como un nuevo Jardín del Edén.

Así pues, los dos primeros movimientos son sorprendentemente bruscos. Vemos fracasar una nueva expedición marciana cada seis meses, y después el Hombre se extiende por todo el planeta en menos de cinco años; mientras que el último movimiento comprende una elipse de más de veinte años. El conjunto no es realmente una novela, sino más bien una serie de crónicas. En efecto, cada capítulo, o relato corto, es autosuficiente, se cierra sobre sí mismo, no requiere una continuación e introduce personajes que no se reutilizarán (salvo en casos excepcionales). No hay, pues, un esquema narrativo en las *Crónicas marcianas*, pero sí un sentido histórico definido. La supresión de la supuesta ficcionalidad de la novela confiere una mayor coherencia al *montaje*.

Crónicas Marcianas se abre con un sorprendente relato corto, el primero de una serie de Primeros Contactos fallidos entre exploradores humanos y marcianos, en los que los primeros son asesinados por los segundos en tres ocasiones.

"Ylla" es la crónica de la vida de una pareja. Es el año 2030, e Yll K. e Ylla K. son un matrimonio más o menos feliz -Ray Bradbury insinúa las infidelidades del marido desde el punto de vista suspicaz e ingenuo de la esposa-. Tienen "la piel cobriza, los ojos como monedas de oro, la voz delicadamente musical de los auténticos marcianos" (p. 22). La historia utiliza un recurso común pero muy eficaz en la ciencia ficción: la inversión del punto de vista. Los marcianos son aquí la gente normal y corriente, y los humanos son los invasores. Ésta es una de las únicas historias de la novela que utiliza a los marcianos como protagonistas, pero tiene un efecto activo en los capítulos siguientes. El lector se pone del lado de los marcianos, que se muestran sutiles y en lo cierto, mientras que los humanos actúan como invaso- res desvergonzados -y hay un aspecto lúdico en esto: el lector se sorprende adivinando cómo fracasará la expe- dición y cómo matarán los marcianos a los humanos.

Los ocho primeros relatos cortos parecen establecer un patrón: cómo el hombre, una vez que llega a Marte, ve reducido a la nada su intento de colonización. Desde el principio, la diversidad de tonos impacta al lector. En "Los hombres de la Tierra", el destino de la Segunda Expedición se trata de forma cómica -se les cree locos, ya que los marcianos, por telepatía, pueden imponer a los demás la imagen de su locura, en este caso la apariencia humana-; el de la Tercera, en "La Tercera Expedición", alterna entre la melancolía y el horror -los miembros de la Expedición son asesinados mientras duermen por marcianos que fingen ser sus familiares fallecidos.

Pero, de repente, Ray Bradbury elimina a los marcianos de la ecuación. Todos los marcianos mueren, o casi todos mueren, dejando su planeta vacío. A continuación, la novela da un giro completamente distinto y los relatos cortos se vuelven mucho más heterogéneos. Ya no son variaciones sobre el tema del hombre engañado y asesinado por el marciano. Conocemos a un sacerdote que intenta readaptar el cristianismo a la vida extraterrestre, a una mujer dispuesta a abandonar todas sus comodidades terrenales para reunirse con su marido, que le susurra la palabra "amor" a través del espacio interestelar, pero también a las últimas formas de vida marcianas, que enfrentan al hombre con su soledad y su tristeza.

Bradbury utiliza Marte como un inmenso laboratorio de ciencia ficción para abordar los problemas raciales -un sorprendente relato corto en el que todos los negros abandonan la América profunda y segregada por el Eldorado marciano-, la cuestión del duelo o incluso la de la censura, prefiguración en el género de terror del tema de Fahrenheit 451. El autor presenta un panorama global de los efectos de una migración masiva a Marte, preguntándose qué llevaría a un ser humano a marcharse tan lejos de casa: el atractivo de las ganancias, un retiro tranquilo, el miedo a la guerra, el aburrimiento…

La última noticia introduce un brusco cambio temático: ante el empeoramiento de la guerra en la Tierra, los colonos deciden por unanimidad *regresar a su planeta*. Esta elección, que no tiene sentido inmediato para el lector, está particularmente bien captada por Bradbury, que se ha esforzado mucho a lo largo de la historia por subrayar el hecho de que los humanos nunca podrían sentirse como en casa estando en Marte. La añoranza de la Tierra siempre sería insuperable, y nada, en última instancia, les esperaba en el Planeta Rojo. Mejor morir en casa que seguir viviendo en un planeta alienígena tras la extinción de la propia especie. Los últimos seres humanos de Marte son los olvidados, los rezagados, que no eligieron quedarse solos y no salen indemnes de este terrible abandono, enloquecidos por la soledad.

Sin embargo, la última historia presenta a una familia formada por dos padres y tres hijos pequeños que consiguen escapar por los pelos de la Tierra a Marte. Lo que se presentó a los niños como unas "vacaciones" resulta ser la última oportunidad para la humanidad, que pronto se extinguirá en la Tierra. De ser un nuevo Eldorado, Marte se convierte en el nuevo Jardín del Edén.

ESTUDIO DE CARACTERES

LOS MARCIANOS

Evidentemente, ésta es una de las curiosidades de una novela de ciencia ficción ambientada en Marte, uno de los criterios por los que el lector juzga el libro. ¿Cómo ha imaginado, plasmado, singularizado el autor a los marcianos? Las *Crónicas Marcianas*, por su especificidad, ofrecen múltiples respuestas, y finalmente casi tantas visiones del marciano típico como de marcianos individualizados, con variaciones de una novela a otra. No obstante, se pueden identificar ciertos rasgos recurrentes como la piel cobriza, los ojos dorados, una especie de máscara en la cara y el uso de la telepatía. Pero incluso estos rasgos recurrentes pueden verse socavados. En el relato corto "Encuentro nocturno", el protagonista Tomás se encuentra con el fantasma de un marciano (o quizá sea al revés...) que habla "su propio idioma". Así, durante sus primeros intercambios, "no se entendían" (p. 135), y el marciano tiene que tocar la cabeza de Tomás para aprender, al instante, su idioma. Si realmente hay un elemento telepático en juego aquí, obsérvese la discrepancia con un encuentro similar entre el capitán Williams y la marciana Sra. Ttt, al principio del relato corto "Los hombres de la Tierra": "¿Cómo es que hablas nuestro idioma tan perfectamente? – No hablo, creo. ¡Telepatía!"

El lector está algo confuso: ¿tiene entonces el marciano un idioma o no? Bradbury lo describe a menudo como un ser capaz de modificar las percepciones sensoriales de los seres que le rodean con su propio pensamiento, hasta llegar al ser indefinible y siempre cambiante del cuento "El marciano", al que todo humano ve como la persona amada que le gustaría ver. Pero a veces el marciano es también un ser muy cercano al hombre, como en el cuento "Ylla", donde la pareja marciana se parece en todo a la típica pareja neoyorquina de mediados del siglo XX. También hay otras razas marcianas, como las bolas luminosas que salvan la vida de los hombres en peligro y se presentan como seres evolucionados en el cuento "Las bolas de fuego". Como vemos, Bradbury no trata de crear un marciano típico que vuelve de cuento en cuento, sino que hace un retrato mitológico de él, creando un ser legendario, de contornos borrosos, siempre misterioso para los humanos, esquivo e incomprensible.

LOS HOMBRES

En su mayor parte, los personajes humanos sólo aparecen durante el espacio de una única historia. Algunos, sin embargo, se repiten, o al menos se mencionan en otra historia. Entre ellos figuran el capitán Wilder, Jeff Spender, Hathaway y Sam Parkhill, todos ellos miembros de la Cuarta Expedición, a quienes seguimos en el relato corto "… y la luna que brilla", verdadero punto nodal de la novela. Otros, como William Stendhal, en el cuento "Usher II", o el Padre Peregrino, en el cuento "Los globos de fuego", son simplemente más destacados.

CAPITÁN WILDER

Personaje central del cuento "… Y la luna brilla", es el capitán de la Cuarta Expedición, la que encontrará Marte vaciado de sus habitantes, diezmados por las enfermedades terrestres traídas por las expediciones anteriores. Personaje sensible pero decidido, resuelve disparar a Spender por el bien mayor de la misión de exploración, aunque no discrepa de sus ideas en lo esencial. Lo encontramos veinticinco años y doscientas páginas más tarde, en la novela "Los largos años", de regreso de expediciones infructuosas a Júpiter, Saturno y Plutón, vuelve a encontrar el planeta vacío de habitantes, pues los hombres han vuelto a la Tierra para morir. Se encuentra con uno de los últimos supervivientes, Hathaway, uno de los miembros de la Cuarta Expedición, que muere en sus brazos. Una vez más, muestra una gran comprensión por las acciones de su antiguo oficial.

JEFF SPENDER

Miembro de la Cuarta Expedición, se distingue de los demás por su admiración sin límites por Marte y los marcianos, en particular, se enamora de una ciudad abandonada. Culto y sensible -cita un poema del poeta británico del siglo XIX Lord Byron-, pero también misántropo, es fácil verlo como un alter ego del autor. Tras una desaparición en forma de búsqueda espiritual, decide vengarse de los marcianos y matar a quienes profanan su mundo, es decir, sus antiguos compañeros de exploración. Planea atrapar y matar a todos los futuros aventureros, repitiendo así, sin saberlo, el patrón de las primeras historias. Llegan los humanos, los marcianos los matan. Sin embargo, solo contra todos, acaba siendo asesinado por su capitán, Wilder, a pesar de su amistad. Su filosofía, que Wilder promete defender, se pierde sin embargo cuando se sabe que Wilder ha sido apartado de Marte por razones políticas.

HATHAWAY

Es el médico-geólogo de la Cuarta Expedición, y es él quien decreta la muerte de todos los marcianos a causa de la varicela. Se convierte en el personaje central del relato "Los largos años". Aislado durante casi veinte años, sobrevivió a su familia, diezmada por la enfermedad ¿trágica ironía?). Para superar su soledad, ha construido androides que se parecen a ellos en todo, pero no ha conseguido que envejezcan. Cuando muere, el capitán Wilder decide no desactivar los androides, reconociendo que tienen vida propia.

SAM PARKHILL

Es otro miembro de la Cuarta Expedición, y muy vengativo con Spender. Según Spender, tiene todos los defectos del americano. En el cuento "Morte-saison", es el destinatario de la escritura de Marte, que le entregan los últimos marcianos. Sin comprender que esta hazaña es un regalo tristemente irónico, ya que los marcianos saben que la Tierra está condenada. Parkhill salta de alegría, imaginando la fortuna que puede amasar instalando puestos de perritos calientes y haciéndose así tristemente eco de las palabras de Spender: "La única razón por la que no instalamos puestos de perritos calientes en medio del Templo de Karnak fue porque no ofrecía perspectivas suficientemente lucrativas." (p. 96). Sin embargo, como ocurre con todos sus personajes, Bradbury no lo condena del todo y Parkhill, como los demás, regresa a la Tierra cuando la amenaza del fin de la humanidad se hace tangible.

WILLIAM STENDHAL

Es un adinerado amante de la literatura que ha huido a Marte para escapar de la censura, el "nombramiento de nombres" que impera en la Tierra, es decir, la censura del vocabulario para suprimir palabras controvertidas, como "política" o "huida". Pero sabiendo que los censores le seguirían hasta Marte, trama su venganza haciendo reproducir La casa Usher, del cuento homónimo de Edgar Allan Poe -escritor estadounidense (1809-1849). Ayudado por el genial mecánico Pikes, construye autómatas asesinos y una casa trampa para diezmar a la élite de la "Sociedad para la Supresión de lo Imaginario". Bradbury menciona por primera vez el tema, que retomará, en un tono mucho más melancólico y pesimista, en su obra maestra *Fahrenheit 451*.

PADRE PEREGRINO

Es un pastor que anhela ir a Marte para descubrir nuevas formas de pecado, "pecados en otro mundo" (p. 146). Presentado como un eclesiástico poco convencional e incluso excéntrico, del que dudan sus compañeros, se aleja de los colonos para ocuparse de las almas de los marcianos, aunque le informan de que están al borde de la extinción. Finalmente, descubre a unos seres en forma de "bolas de fuego" que rescatan a los humanos en apuros. Junto con sus compañeros, les construye una iglesia con un Cristo en forma de globo. Sin embargo, los marcianos vuelven a él para decirle que han superado su condición material y están libres de pecado. El padre Peregrine es un personaje complejo, a través del cual Bradbury critica la religión y el misticismo, al tiempo que reconoce ciertas virtudes. En particular, el personaje destaca por su fe inquebrantable y su capacidad de creer, muy parecida a la del aficionado a la ciencia ficción.

CLAVES DE LECTURA

LA CIENCIA FICCIÓN COMO GÉNERO LITERARIO TOTAL

Cuando se publicaron las *Crónicas marcianas* en 1950, la ciencia ficción se encontraba en plena edad de oro comercial en Estados Unidos, pues era el auge de los fanzines. Sin embargo, las primeras obras maestras del género todavía estaban bastante aisladas, y sus autores no eran estadounidenses. Mencionemos *Brave New World* (1931), de Aldous Huxley (escritor británico, 1894-1963), *El mundo de Ā* (1945), de A.E. van Vogt (escritor canadiense, 1912-2000) o incluso *1984* (1948), de George Orwell. En este sentido, el año 1950 es una fecha importante en la historia de la ciencia ficción, ya que en él se publicaron *Los robots* de Isaac Asimov y *Crónicas marcianas* de Ray Bradbury, que destacan por su forma de *fijación* y por su manera fundacional de hacer ciencia ficción. En un universo que ya estaba muy codificado, pero que aún no se reconocía como tal -nótese que las novelas de Orwell y Huxley rechazan la etiqueta de "ciencia ficción" y, aún hoy, suelen publicarse en colecciones de literatura general-, Asimov y Bradbury sentaron las bases que influyeron en toda una generación de autores.

Como cualquier lector de ciencia ficción, el lector de *Crónicas Marcianas* tiene que hacer ajustes de carácter enciclopédico, es decir, localizar en el texto las pistas que le permitan construir un sistema de funcionamiento del mundo ficticio presentado por el autor. Para el lector de hoy, incluso más que para el de 1950, este ajuste adopta la forma de un juego retroactivo que forma parte del architexto genérico de la ciencia ficción. Cada lector lee armado con la imaginería asociada a Marte y a la colonización del Planeta Rojo que ya ha encontrado, desde *La guerra de los mundos* (1898) de H.G. Wells (escritor estadounidense, 1866-1946) hasta la película de Tim Burton (director estadounidense, nacido en 1958), *¡Mars Attacks!* (1996).

Se trata de reconstruir poco a poco, con la ayuda del texto, una visión concreta de Marte y del futuro imaginada por Bradbury, con un gusto deliciosamente anticuado. La anticipación y los viajes espaciales son, pues, dos de los subgéneros de la ciencia ficción que mejor se prestan a la labor enciclopédica del lector. Una de las especificidades de *Crónicas Marcianas*, como hemos visto con la cohabitación de datos diferentes e incluso contradictorios sobre los marcianos, es que trastorna varias veces, dentro de sí misma, esta enciclopedia en ciernes.

 ## LA ARQUITECTURA

Este concepto literario fue propuesto por Gérard Genette (1930-2018), crítico literario francés. La architextualidad es una de las cinco formas de transtextualidad que desarrolla en su libro *Palimpsestos* (1982), junto con la intertextualidad (la presencia de un texto en otro, sobre todo a través de la cita), la paratextualidad (todo lo que rodea al texto, como las notas), la metatextualidad (cuando un texto comenta a otro) y la hipertextualidad (cuando un texto parodia o copia a otro). La architextualidad es la relación de un texto con su género y sus convenciones, es decir, todo lo que permite percibirlo como parte de un género literario; en este caso, el mero hecho de que la acción se desarrolle en Marte bastaría para hacer de *Crónicas marcianas* una obra de ciencia ficción.

Un aspecto fundamentalmente nuevo de la ciencia ficción de *Crónicas marcianas* es la mezcla de géneros como el costumbrismo, el cuento de terror, el panfleto social, los microrrelatos… Pero dentro de esta mezcla de géneros se encuentra una mezcla de subgéneros de ciencia ficción conocidos como los viajes espaciales y el encuentro con una inteligencia extraterrestre, por supuesto, pero también los robots y la distopía. Dado que los distintos relatos son originalmente independientes, no están vinculados entre sí por ninguna unidad de tono, tema o género. Así, los motivos de la ciencia ficción son a menudo sólo un fondo, un pretexto, una forma de introducir ciertos temas, y si la acción no se desarrollara en Marte en la década de 2030, el texto ya no tendría mucho que ver con la idea del género.

Sin embargo, eso sería perder de vista que la ciencia ficción es ante todo un extraordinario instrumento narrativo, más que contextual. Al introducir una situación del tipo "qué pasaría si…", el novelista abre de par en par las puertas de la posibilidad. Así, el duelo en los cuentos "El marciano" y "Los largos años" se trata de un modo típicamente de ciencia ficción. El autor introduce un cambio paradigmático (si existiera una forma de vida capaz de imitar perfectamente, o incluso demasiado perfectamente, a un ser fallecido) y luego cuestiona sus consecuencias, arrojando así nueva luz sobre el tema.

¿Es mejor vivir solo con el recuerdo de la persona amada o con un sucedáneo que uno sabe que es un engaño, pero con una ilusión tan perfecta que uno quiere olvidarla? A primera vista, el lector puede tachar esta pregunta de abstracta y aparentemente ajena a la realidad, ya que no le concierne y probablemente nunca le conciba.

Sin embargo, la validez literaria del proceso parece innegable, y el cuestionamiento a través de una lente nueva, aunque teórica, proporciona resultados. Es, por ejemplo, extrapolando el tema de la reunificación familiar más allá de lo concebible cuando Bradbury reflexiona mejor sobre el amor conyugal: ¿hay una diferencia fundamental entre que una mujer abandone su hogar para vivir con su marido y que esa misma mujer abandone su planeta? Por último, la ciencia ficción es una herramienta narrativa fácilmente suprimible, pues, se podría transponer *Crónicas Marcianas* en el tiempo y en el espacio, por ejemplo, a la América de principios del siglo XIX…

UNA ÁCIDA RELECTURA DE LA COLONIZACIÓN DE AMÉRICA

Ray Bradbury apenas oculta este hecho e incluso lo hace explícito en varios momentos. Las *Crónicas Marcianas* no cuentan la historia de cómo el hombre llegó a Marte, sino cómo el americano llegó a Marte:

> "Los cohetes eran estadounidenses, los hombres eran estadounidenses, y las cosas siguieron así, mientras Europa, Asia, Sudamérica, Australia y las islas veían cómo las velas romanas se iban sin ellos. [...] Los segundos emigrantes seguían siendo estadounidenses" (p. 143).

A lo largo de los relatos, hay una comparación entre el mundo marciano y las vastas llanuras americanas, entre los marcianos y los indios americanos, entre los colonos de la Tierra y los que vinieron a asentar su modo de vida europeo en el continente americano. La expresión "Nuevo Mundo" es aquí literalmente actualizada por Bradbury.

El relato corto "… y la luna que brilla" es en este sentido uno de los más notables de las *Crónicas Marcianas*. Está protagonizada por un explorador, Spender, que, impresionado por la belleza de Marte y sus ciudades abandonadas, decide matar a todos los demás exploradores para proteger el planeta para siempre de los estragos de la humanidad, especialmente de los estadounidenses.

> "Cuando era niño, mis padres me llevaron a visitar Ciudad de México. Siempre recordaré la actitud de mi padre: bullicioso, fanfarrón. Y a mi madre no le gustaban los lugareños porque eran

La acusación es mordaz, sin medias tintas, y puede compararse fácilmente con otras críticas, como la más subyacente al *american way of life*, parodiada en la descripción de la pareja de marcianos del cuento "Ylla", o la más irónica a la incultura burocrática que censura por miedo a lo desconocido y prohíbe los libros de Edgar Allan Poe sin haberlos leído nunca (en el cuento "Usher II").

En el mismo relato corto "...and the moon is shining", Bradbury también hace explícita su opinión sobre la cuestión marciana, a través de la voz del personaje Cheroke:

Bradbury no duda en criticar los fundamentos mismos de la nación estadounidense, y por tanto la identidad nacional de sus principales lectores, al exponer la cuestión del genocidio. Los marcianos casi han desaparecido de la superficie de su planeta, tras haber muerto de varicela, inocentemente traída por exploradores anteriores, dejando así el camino libre a la llegada masiva de inmigrantes, comparados con langostas. Al final, la novela describe una transposición real, de América a Marte, sin ajustes:

> llevado tal cual a Marte y la había depositado allí sin un temblor"
> (p. 170).

Sin embargo, Marte también se ve como una posible solución a los problemas del hombre en la Tierra, y en concreto al de la segregación, en el cuento "Up in the Sky". Esta historia, centrada en el personaje del ferretero Sam Teece, con su repugnante lenguaje -"ese estúpido negro" (p. 188), o "mata a ese hijo de puta" (p. 202)-, narra la salida de los negros del sur de Estados Unidos hacia Marte desde el punto de vista de un blanco racista.

La ironía de la historia está, por supuesto, en la desesperación del hombre blanco, incapaz de no sentir a la vez envidia y resentimiento ante este exilio. En su opinión, no se debería permitir a la población negra marcharse sin su permiso, y, Marte debería seguir siendo una promesa para hombres como él.

La patética actitud de Teece, que hará lo que sea para impedir esta salida -incluso invocando una deuda de cincuenta dólares y un contrato que termina en un mes-, permite identificar claramente la actitud ambivalente de Estados Unidos hacia los negros a principios de los años cincuenta, pues, si los tratan brutalmente, no pueden prescindir de ellos. El punto de Bradbury es claro, y de nuevo, mordaz. Aquí, Marte ya no se utiliza como espejo para iluminar la insoportable actitud colonizadora de los estadounidenses, sino que refleja el estado enfermizo de su sociedad en el momento de la publicación de la novela. La carga histórica se convierte en una crítica social.

Sin embargo, no todo en la relación de Bradbury con América es negativo, y hay una verdadera melancolía de la patria en la novela. Esto se desarrolla en la novela "La tercera expedición", cuando los exploradores se sorprenden al llegar a Marte, a una aldea de Illinois de mediados de la década de 2000, y descubrir que todos sus parientes han desaparecido. Pero al final, la profunda melancolía de la novela reside en su resolución, cuando estos rudos americanos, que no han hecho más que afear Marte, prefieren regresar a la Tierra para morir con sus congéneres antes que seguir viviendo sin ellos, demostrando así, al final, una profunda e inesperada humanidad.

UNA NOVELA PACIFISTA Y HUMANISTA

Las Crónicas Marcianas presentan una visión pesimista, casi fatalista, del futuro. Publicadas al final de la Segunda Guerra Mundial, las historias cortas evocan de vez en cuando las interminables guerras en la Tierra, y el estallido en noviembre de 2036 de una guerra total y definitiva, hasta el punto de que el planeta arde en el cielo estrellado de Marte -"El continente australiano atomizado. Los Ángeles, Londres bombardeados. Guerra." (p. 267).

Marte tiene un doble papel simbólico a este. Por un lado, la posibilidad de escapar y de nuevos comienzos; por otro, el ejemplo de una sociedad de éxito. La primera posibilidad parece negarse al principio cuando los colonos, aún demasiado recién llegados, deciden regresar a la Tierra para unirse a la humanidad en peligro. Pero finalmente, ésta se activa por completo en la última historia, "Picnic en un millón de años", cuando una familia consigue huir de la Tierra y llegar a Marte con la esperanza de fundar una nueva humanidad, de darle una segunda oportunidad. Se trata de un verdadero topo de ciencia ficción, una culminación preparada por la sucesión de relatos cortos que subrayan, de forma hueca, cómo la colonización fallida constituye un desperdicio de las posibilidades que ofrece el planeta.

Más interesante es la voluntad de Bradbury de evocar, en toques esporádicos, la sociedad marciana como modelo a seguir – primero en oposición al colono americano, pero en última instancia (de nuevo), como meta a alcanzar por la nueva humanidad, en una magnífica jugada que convierte a los últimos supervivientes de la Tierra en los primeros marcianos:

> "Siempre he querido ver a un marciano", dijo Michael. ¿Dónde están, papá? Lo prometiste. – Aquí están", dijo papá. Se subió a Michael al hombro y señaló hacia abajo. Los marcianos estaban allí. Timothy se estremeció. Los marcianos estaban allí, en el canal, reflejados en el agua. Timothy, Michael, Robert, mamá y papá. Los marcianos les devolvieron la mirada durante un largo, largo momento de silencio en las ondas del agua…" (p. 318).

Estas últimas líneas encarnan una tensión que recorre todos los relatos, entre el Hombre que fracasa en su relación con el mundo y el Marciano que ha logrado un equilibrio con su entorno, es decir, entre el Hombre real y el Hombre como debería ser según Bradbury. El Hombre real, entrañable, detestable, lleno de defectos, y el Hombre ideal, imposible.

"Sabían combinar el arte con la vida. Para los estadounidenses, siempre ha sido algo aparte. Algo que queda relegado a la habitación de arriba, la habitación del idiota de la familia. Algo de lo que te tomas una dosis los domingos, con algún que otro chute de religión. Entre los marcianos, todo coexiste, el arte, la religión y todo lo demás" (p. 109), dice Spender. "Una vez fuimos hombres con cuerpos, piernas y brazos como tú. Según la leyenda, uno de nosotros, un hombre bueno, descubrió la manera de liberar el alma y el intelecto humanos, de liberarnos de las dolencias físicas y de la melancolía, de la muerte y del cambio, del mal humor y de la senilidad" (p. 167), explican los bólidos que el padre Peregrino querría liberar del pecado. Bradbury defiende así otra visión del mundo, del hombre: no sólo critica, sino que propone una alternativa.

Ray Bradbury extiende este cuadro humanista a través de los marcianos y los pocos personajes que los comprenden al planeta, a la belleza de los paisajes y las ciudades abandonadas, descritas con mesura y poesía, dejando al lector librado a su imaginación. El autor también adopta una postura ecologista muy adelantada a su tiempo, contrastando la Tierra de las fábricas con un Marte prodigiosamente fértil. El discurso de Spender: "Los terrícolas tenemos el don de estropear las cosas bellas" (p. 96), o "¿No les basta con haber destruido un planeta? ¿También tienen que contaminar los comederos de los demás? Pobres baudruches descerebrados" (p. 110), debe leerse, pues, en paralelo con el cuento "La mañana verde", donde miles de árboles crecen en una noche, "alimentados por un suelo extraño y mágico" (p. 128). Si el ser humano individual puede hacer el bien, la humanidad como especie solo puede ser un veneno para su entorno, como el personaje de Sam Parkhill en el cuento "Morte-saison", el arquetipo del egoísta egocéntrico que sólo ve formas de mejorar su propia situación.

IDEAS PARA REFLEXIONAR

ALGUNAS PREGUNTAS PARA PROFUNDIZAR EN SU REFLEXIÓN...

- El texto parece desprovisto de toda reflexión científica sobre la viabilidad de los viajes espaciales a Marte y la posibilidad de vida extraterrestre. ¿Qué efecto estético crea esto?

- En el momento de su publicación, las historias se situaban entre 1999 y 2026. La reimpresión de 1997 retrasó las fechas más de treinta años. ¿Por qué? ¿Cree realmente el lector, en 1950 como hoy, que el futuro de la novela es un futuro posible?

- A Bradbury le gusta adoptar una línea dura contra el racismo, la censura, la religión o el sexismo. ¿Qué relatos le parecen más eficaces para tratar estos temas?

- ¿Puede distinguir fácilmente entre los cuentos originales, publicados por separado, y los textos escritos especialmente para la novela? ¿Cómo puede hacerlo?

- Bradbury exclama en su prefacio: "¡No me digas lo que estoy haciendo; no quiero saberlo!". ¿Cómo puede esta cita acompañar su lectura de la novela?

- Varias veces en *Crónicas Marcianas*, el lector se encuentra en la tesitura de identificarse con personajes asesinos. ¿Cuáles? ¿Cómo lo consigue Bradbury?

- Aunque la mayoría de las historias tienen un final adecuado, algunas parecen pedir una continuación, que nunca se da, o se da de forma lapidaria. ¿Qué historia le gustaría continuar? Imagínala.

- Hablando de *Crónicas marcianas*, Bradbury dice que no es ciencia ficción, sino que compara su texto con los mitos griegos. ¿Qué quiere decir con esto?

PARA IR MÁS LEJOS

EDICIÓN DE REFERENCIA

Chroniques martiennes, traducido del americano por Jacques Chambon y Henri Robillot, París, Denoël, 2001, 318 p.

ESTUDIOS COMPARATIVOS

SAINT-GELAIS, R., *L'Empire du pseudo*, Québec, Les Éditions Nota bene, 1999, 400 p.

FUENTES ADICIONALES

BRADBURY, R., *Fahrenheit 451*, traducido del americano por Jacques Chambon y Henri Robillot, París, Denoël, 1995, 288 p.

ASIMOV, I., *Fondation*, traducido del americano por Jean Rosenthal, París, Denoël, 1966, 251 p.

ADAPTACIONES

En 1966, la novela fue adaptada al teatro por el director Louis Pauwels, con Jean-Louis Barrault entre otros.

En 1974, un telefilme francés dirigido por Renée Kammerscheit se basó en la adaptación de Louis Pauwels.

En 1980, la novela fue adaptada como telefilme en tres partes, dirigido pór Michael Anderson a partir de un guión de Richard Matheson (un gran nombre de la ciencia ficción estadounidense, famoso por *Soy leyenda*, 1954, y *El hombre menguante*, 1956), protagonizado por Rock Hudson.

Muchas de las historias cortas se han adaptado por separado a la televisión o a cortometrajes, así como a otros medios, como el cómic.

¡Su opinión nos interesa!
¡Deje un comentario en la pagina web de su librería en línea,
y comparta sus favoritos en las redes sociales!

Muchas más guías para descubrir tu pasión por la literatura

www.ResumenExpress.com

ISBN ebook: 9782808687256
ISBN papel: 9782808698658
Depósito legal: D/2023/12603/1145

Cubierta: © Primento
Libro realizado por Primento, el socio digital de los editores